U0052697

兒童文學叢書

·藝術家系列·

金黃色的燃燒

梵谷的太陽花

戴天禾／著

三民書局

國家圖書館出版品預行編目資料

金黃色的燃燒：梵谷的太陽花／戴天禾著.－－二版二刷.－－臺北市：三民，2011
面；　公分.－－(兒童文學叢書・藝術家系列)

ISBN 978-957-14-2742-3　(精裝)

1. 梵谷(Van Gogh, Vincent, 1853-1890)－傳記－通俗作品

859.6

 金黃色的燃燒

——梵谷的太陽花

著作人　戴天禾
發行人　劉振強
著作財產權人　三民書局股份有限公司
發行所　三民書局股份有限公司
地址　臺北市復興北路386號
電話　(02)25006600
郵撥帳號　0009998-5
門市部　(復北店) 臺北市復興北路386號
(重南店) 臺北市重慶南路一段61號
出版日期　初版一刷　1998年1月
二版一刷　2009年1月
二版二刷　2011年1月
編號　S 853851
行政院新聞局登記證局版臺業字第〇二〇〇號

ISBN 978-957-14-2742-3　(精裝)

http://www.sanmin.com.tw　三民網路書店

·閱·讀·之·旅·

很早就聽說過藝術大師米開蘭基羅、梵谷、莫內、林布蘭、塞尚等人的名字；也欣賞過文學名家狄更斯、馬克·吐溫、安徒生、珍·奧斯汀與莎士比亞的作品。

可是有關他們的童年故事、成長過程、鮮為人知的家居生活，以及如何走上藝術、文學之路的許許多多有趣故事，卻是在主編了這一系列的童書之後，才有了完整的印象，尤其在每一位作者的用心創造與撰寫中，讀之趣味盈然，好像也分享了藝術豐富的創作生命。

為孩子們編書、寫書，一直是我們這一群旅居海外的作者共同的心願，這個心願，終於因為三民書局的劉振強董事長，有意出版一系列全新創作的童書而宿願得償。這也是我們對國內兒童的一點小小奉獻。

西洋文學家與藝術家的故事，以往大多為翻譯作品，而且在文字與內容上，忽略了以孩子為主的趣味性，因此難免艱深枯燥；所以我們決定以生動、活潑的童心童趣，用兒童文學的創作方式，以孩子為本位，輕輕鬆鬆的走入畫家與文豪的真實內在，讓小朋友們在閱讀之旅中，充分享受到藝術與文學的廣闊世界，也拓展了孩子們海闊天空的內在領域，進而能培養出自我的欣賞品味與創作能力。

這一套書的作者們，都和我一樣對兒童文學情有獨鍾，對文學、藝術更是始終懷有熱誠，我們從計畫、設計、撰寫、到出版，歷時兩年多才完成，在這之中，國內國外電傳、聯絡，就有厚厚一大冊，我們的心願卻只有一個——為孩子們寫下有趣味、又有文學性的好書。

當世界越來越多元化、商品化的今天，許多屬於精神層面的內涵，逐漸在消失、退隱。然而，我始終牢記心理學上，人性內在的需求——求安全、溫飽之後更高層面的精神生活。我們是否因為孩子小，就只給與溫飽與安全，而忽略了精神陶

◎ 作 者 簡 介 ◎

戴天禾

出生於四川省重慶市，八歲時來臺灣。靜宜女子文理學院畢業後，赴美就讀匹茲堡大學，現定居美國加州。喜歡藝術，也喜歡文學。曾任圖書館編目及資訊員、中文學校老師；現任史丹福大學東亞圖書館館員。

梵谷

Vincent van Gogh

1853~1890

Vincent

當今世上，繪畫價碼最高的，首推梵谷的作品。一九八六年，他有一幅〈向日葵〉，叫價三千九百九十萬美元，合臺幣十億多元，被一位日本商人買了回去。

梵谷一生，只畫了十年畫。在這十年當中，他沒有一天不為錢發愁。在他給弟弟西奧的信中，十回有九回半寫道：「我們一定要咬緊牙關堅持下去！我的畫就會有人來買，到時候，就不必過這種窮日子了。」可惜，他們奮鬥了一生只賣出去一幅畫。

梵谷以前的一位房東說：「梵谷每天天還沒亮就帶著乾麵包、背著畫具出門；出門前，必定在火爐上燉一鍋豆子。天黑回家，又累又渴又餓，顧不得看清楚早已熄滅的爐火，找根勺子、端起鍋子、兩三下就解決了一鍋半生不熟的豆子。他啊，除了吃乾麵包和豆子，就是吃豆子和乾麵包。」

紅葡萄園 （1888 年　油彩、畫布　73 × 91 cm　俄羅斯莫斯科普希金美術館藏）
這是梵谷生前唯一賣出的畫。

梵谷以前的鄰居也說：「他是個瘋子。一天到晚戴一頂寬邊草帽，帽簷稀稀拉拉扯成窄邊了，還照樣頂在頭上。還有，他的白色工作服常用來當抹布，擦成五顏六色的，就從來沒見他換過。」

顏料店老闆說：「梵谷靠他弟弟寄

錢、寄紙、寄顏料給他；有時候他弟弟忙，或者連他自己都還沒領到薪水時，梵谷就會在我店門口，踱過來、踱過去；我說『進來、進來』，他立刻眉開眼笑的『謝謝』說個不停。一管紅顏料、兩管藍顏料，拿得不多、拿了就走，三兩天內必定還錢。好人吔！不過，他的畫嘛，嘿嘿，不敢領教。」

曾經跟梵谷住了兩個月，導致梵谷割耳垂子的高更提起梵谷，「他的畫，用太多筆墨，這倒罷了。主要是他的日常生活，那寒傖、那單調，比得上一個苦行僧！跟這種顛三倒四的人住，真是慘透了。」

短短的一百年過去了。梵谷從無名到有名；又由公認的瘋子變為藝術史上的天才。究竟是怎麼一回事？大家對他越來越好奇了。他來自什麼樣的家庭？他的少年生活環境如何？為什麼弟弟對他這麼好？是不是從小他就想當畫家？有沒有最好的老師指導他？誰對他的影響最大？他的爸爸媽媽有沒有逼他畫畫？

1. 鄉村生活

一百多年前，在荷蘭西南部一個鄉下地方，一天清早，有兄弟倆正往麥田方向跑。「嘎，嘎，嘎——」驚起了田間的烏鴉。不一會兒，人影、鴉影，還有田邊的樹影，都淹入了麥穗中。

樹梢被風吹得翻飛捲曲，雲層也越聚越厚，剛才那兩個一壯一瘦的男孩才重現在麥田盡頭；兩人腰間繫的大口袋不知道這次又裝了些什麼樣的寶貝？是種子、麥穗，還是蝴蝶、昆蟲？他們今天去麥田、明天到樹林，後天河邊、大後天碎石坡？下次帶回花瓣、樹枝、石子、羽毛、蛇皮，還是鳥窩？他們徜徉在大自然懷抱中，沒有煩惱和憂愁。

這對兄弟，姓梵谷。哥哥文生，弟弟西奧。父親是這個貧苦農區的牧師，他每天一家一家拜訪教友，當地人稱他為「可敬的牧師先生」；母親

2. 上學

文生身寄學校，心卻掛在家裡。

課堂上，語法、算術，他覺得枯燥無味；自然科學，他比老師懂得還要多。因此，他常常望著窗外出神，「秋蟲正多，不知道西奧有沒有做一些新標本？他的手比我靈巧，我離家前才教他做，他一學就會不說，那些斷腿的甲蟲、折翅的蝴蝶經他的手一貼補，居然都看不出傷痕來。」同學們見他常對著窗外發笑，以為他頭腦簡單，就取笑他：「粗手笨腳鄉下郎，不如早早回家鄉。」文生懶得理會，趁機不出教室，繼續他的冥想。

晚上回到宿舍，往床上一躺。別人早已呼呼大睡，文生一顆心又飛回小閣樓上。小閣樓在三層樓頂，三面臨窗的天花板傾斜度大，文生在上面掛滿了標本，地面一排排的架子也不空閒，都擺滿了收藏。這些標本和收藏件件都有它的由來和故事，他每晚

鳥　窩　（1885年　油彩、畫布　39.3 × 46.5 cm　荷蘭阿姆斯特丹國立梵谷美術館藏）

都會選一兩件伴他入夢鄉。

櫃子頂上一字排開有七個大小不同的鳥窩；一天晚上他選中其中最小的一個：

「一天清早，窗外傳來唧唧噥噥的鳥叫聲，在教堂鐘聲下顯得格外婉

一天，他脫口說出早想對顧客說的話：「這幅畫是抄的，原畫就沒有精神，越抄越死板！別買了！好，好，你一定要買，廉價賣給你。」文生還沒等老闆辭退他，已先留下了字條：「每天戴著個黑禮帽向這些珠光寶氣的人鞠躬哈腰，無聊透頂！我不幹了。」

隆河上的星夜　（1888年　油彩、畫布　72.5 × 92 cm　法國巴黎奧塞美術館藏）

4. 傳 教

「救人的法子只有一條，就是像您那樣，做一個傳教士。」爸爸收到文生的信後，回信道:「文生，你得先進大學。希臘文、拉丁文是很不容易學的呀！」

文生咬緊牙關，讀得直在冰冷的桌板上敲頭磕腦。爸爸看了乾著急，但也幫不上忙。最後，文生看自己程度實在太差，放棄了考試，沒有進大學。不過，他並不死心，「再窮、再苦的地方，我都願意去！」正好在比利時的一個煤礦區，沒人肯去傳教，教會就答應讓文生去了。

文生到了這個不毛之地，看到婦女孩童全在礦區裡工作，但都還換不來一家人的溫飽；還有，這裡沒有學校，「吃少穿少還不怎麼樣，無知無識不就等於沒有未來，那豈不是死路一條？」

文生在巡視過其中一個最深的礦

駝煤的礦工　（1881年　鉛筆、鋼筆、墨水、淡彩　43 × 60 cm　荷蘭奧特盧國立庫拉—穆勒美術館藏）

坑後，給西奧的信上還這樣寫：「礦坑中積水、倒塌、爆炸、中毒等事件頻繁，每次事情發生了，礦工們個個都爭先趕去救援，但幾雙手的力量怎麼能夠敵得了大自然？」

接著他又寫：「地面上的人不瞭解地面下的人在做什麼，近處人不關心遠處人的情況。如果早些有人出來為他們設想，礦區人民的生活早就得到改善了。你想，誰忍心拿鄰居孩子買衣衫麵包的錢去吃喝穿著？誰又狠得下心用親朋好友的鮮血來歡樂馳騁？」

文生一面寫信給教會、政府、報章雜誌，為他們爭取生活改善和環境改良；一面還把教會給他預備的木屋讓給受傷的礦工們住。末了，乾脆把隨身帶來的衣物全部分光。礦工們覺得他與眾不同，簡直像胸懷慈悲的基督。

三個月後，教會派人來考核傳教的情形。教士們見到文生衣衫襤褸、露宿屋簷下，認為他有損教會形象，便對文生揮揮手：「你趁早趕快回家，我們另外派人來接替！」

礦工們圍著他，淚水在臉上畫成一條一條小河，黑手一抹，臉龐上隱現出鐵絲網絡樣的痕跡；文生一一與他們握別，心中決定：我一定要設法讓更多的人看到你們的不幸；更祈望有一天你們能衝出這痛苦的牢籠！

父親接到教會通知後，把文生給「領」回家；母親把這乞丐似的兒子

兩個在煤田的農婦　（1883 年　油彩、畫布　27.5 × 36.5 cm　荷蘭阿姆斯特丹國立梵谷美術館藏）

織工 （1884年 油彩、畫布 70 × 85 cm 荷蘭奧特盧國立庫拉－穆勒美術館藏）

談到這位荷蘭籍的繪畫大師林布蘭，文生對他佩服得五體投地，「他好比魔術師，妙手一揮，三兩筆，人物便神氣十足，好像要從紙上跳出來和你說話！」有一回，當地博物館展出一幅大師的〈猶太新娘〉，他看得目不轉睛，心想：要是能在這張畫面前待上兩個星期，我寧願少活十年。

靜物難畫、人物更難畫。文生受到〈猶太新娘〉的影響，開始花錢請人來充當模特兒：一次不行，十次；十次不行，五十次；直到閉著眼睛都能描繪出各種姿態為止。

漸漸，西奧的錢補給不上，他便到外面去找模特兒：哈腰的工人們正在織布、運煤、打鐵、鋸木頭；農人們曲著背趕忙犁田、播種、收成、運糧食，都是文生描繪的好對象。

文生這樣一頭栽進繪畫，吃飯、走路、作夢都在畫畫，他已經忘了自己以及周圍其他人的存在了。

6. 吃馬鈴薯的農人

父母親一方面非常高興看到文生對繪畫的認真，除了為他準備畫室之外，也常從微薄的薪水中省出錢來給他買紙買筆；另一方面也非常擔心他對生活的馬虎及起居的無常會影響身體健康，但他們知道勸說一定無效，只有在給西奧的信上提提對文生的疼惜罷了。

一天，母親不小心摔斷了腿，文生打住思緒、暫時放下畫筆，充當起護士來——他曾在礦區照顧過很多受傷的礦工——攙扶、按摩、餵藥、洗澡，母親很快就復原了。事後，母親迫不及待的去信給西奧：「我的一點小傷，改變了鄰居們異樣的眼光。他們都說，這個邋遢的人居然這樣細心？西奧啊！從現在起，不會再有人在背後對他指指點點了。」

母親的信還沒寫完，文生的一幅〈吃馬鈴薯的農人〉已經寄到了西奧

7. 巴　黎

父親死後，文生不願意母親和年幼的弟妹們再為他操煩，等母親的哀痛稍減，他便到巴黎去投靠西奧。

事有湊巧，前不久在巴黎，有一批新派畫家，像是莫內、畢沙羅、秀拉、竇加、高更等人，被學院派及守舊派認為過於藐視傳統，不但拒絕展出他們的畫，還對他們大加諷刺：「什麼，這也算畫？簡直就是四不像。還有，這顏色，看這顏色，打翻了顏料罐吧？哈，誰展『這種畫』，才是天大的笑話。」但西奧看了「這些人」的畫以後說：「太好了，這種畫才能帶給畫界新氣象、新希望！」就這樣，西奧下了班又開始主持一間沙龍，「好讓這批畫家能在這兒展覽、談畫、說抱負、論理想。」他想：「文生聽了一定很高興。」

沒想到，信才發出沒幾天，文生就到了巴黎，「走嘛，走嘛，帶我去

戴草帽的自畫像（1887年 油彩、嵌板畫布 35.5 × 27 cm 美國密西根州底特律藝術中心藏）

沙龍。」

不用說，文生的欣喜是難以形容的。他乍見那些畫作：有的用色點，有的用色塊，又有的塊與塊之間沒有界邊。沒畫完吧？即興之作？作夢初醒信手畫成？但，每一幅畫又是那樣的亮眼——顏色盈盈欲滴，好像剛畫完般讓人不敢觸摸。久立傾談而不生厭倦——這也恰是文生對他們的印象——經歷不同，興趣有異，但鑽研認真的態度卻是相同的。這些畫家們也認為文生情感真摯，體驗深刻，所以才能畫出像〈吃馬鈴薯的農人〉、〈駝煤的礦工〉、〈播種者〉等這樣的畫來。「不過，」七十多歲的畢沙羅說：「你得想想法子擺脫前人的影子，因為林布蘭是林布蘭，米勒是米勒，你梵谷應該是梵谷。巴黎的人文景觀跟你以前的經驗不一樣；多到外面去瞧瞧，將來你的繪畫一定能開展出更新的局面來。」文生看著畢沙羅，感動的說：「今後碰到問題，我

向日葵 （1888年　油彩、畫布　91 × 72 cm　德國慕尼黑現代美術館藏）

這幅〈向日葵〉就像是一首交響樂，請看那每一朵花，無論花瓣、花心、花托、花葉、花莖，都在用自己的方式大聲讚美！讚美那金色、黃色、金黃色的太陽——它，像慈父慈母一般，毫無保留的給予大地關懷、撫摸、滋潤與供養。

文生跟羅遴進了家門，胖胖的羅家婦人迎上來，他們的四個孩子像往常一樣，繞著他倆又叫又跳。晚餐桌上，文生想：這位送了二十五年信，從未升遷過的羅遴和他的家人像極了家鄉的農人。「咦，羅遴今晚怎麼不說話？」

飯後，羅遴送文生回家，一路上吞吞吐吐，欲言又止。文生藉著月光看到一雙老實的眼睛閃著淚光。問了半天才弄清楚：他獲得升遷，近日就要走了。

文生不知道羅遴是什麼時候回去的，只知道自己回到空蕩蕩的屋裡，突然打了一個寒噤，「咦？冬天怎麼這麼快就到了？」他轉身把每一扇窗戶都嚴密關上。這裡的冬天，風大得連人馬都可以吹跑，何況畫版和畫架！他放好畫，去取煙斗，看到今早西奧的來信，信上說高更正潦倒。他想：鎮上唯一的朋友要走了，何不請高更來作伴，又可以彼此切磋。他望著裊裊的煙圈，嘆了一口氣：在巴黎，有豐富的文物、有畫友，更何況還有西

Vincent

輕輕抱在懷裡。孩子細微的脈動牽引著文生的每一根神經，他更清楚、更直接的感到生命的神奇與不可限量。是驚、是喜、是感動，文生抬頭望著小文生的父母：疲倦、憂勞；再環顧樓宇及內外環境：斑剝陳舊、狹窄擁擠。文生想想自己，過去就像個憨大呆似的，只知道畫畫畫，他不曾考慮過西奧，七、八年來一直纏著他：錢不夠用了，再給一點；上次那種紙比較好；顏料你買比較便宜；我的畫展出了幾幅、賣出去幾幅；畫布又用完了趕緊寄來……沒完沒了。是嘆、是怒、是不忍？文生開始盤算再一次的不告而別，這時他無法看見、也無法聽到西奧熱切的叫喚：「文生，文生，昨天賣出了你的一幅畫！」

他提著箱子趕回小鎮，正巧趕上北風呼號，他像院中的一棵大樹，頹然倒下了。

文生在病床上夢魘連連，三天以後，他才一點一點醒悟過來，信念也慢慢增強，閣樓窗邊談話意義更加明朗，「他們的犧牲是為了讓我能夠安

夜間咖啡座（外景）（1888年　油彩、畫布　81 × 65.5cm　荷蘭奧特盧國立庫拉一穆勒美術館藏）